献给埃米莉

THE SUN IS LATE AND SO IS THE FARMER
Written by Philip C. Stead, Illustrated by Erin E. Stead
Text copyright © 2022 by Philip C. Stead
Illustrations copyright © 2022 by Erin E. Stead
This edition arranged with HOLIDAY HOUSE PUBLISHING, INC. New York
through BIG APPLE AGENCY, INC., LABUAN, MALAYSIA.
Simplified Chinese edition copyright © 2023 by Look Book (Beijing) Cultural Development Co., Ltd.
All rights reserved.

著作权合同登记号：图字13-2023-039号

**图书在版编目（ＣＩＰ）数据**

太阳起晚了 / （美）菲利普·C.斯蒂德文 ；（美）埃琳·E.斯蒂德图 ；马爱农译. -- 福州 ：福建少年儿童出版社，2023.4

ISBN 978-7-5395-8213-9

Ⅰ．①太… Ⅱ．①菲… ②埃… ③马… Ⅲ．①儿童故事—图画故事—美国—现代 Ⅳ．①I712.85

中国国家版本馆CIP数据核字(2023)第060895号

TAIYANG QI WAN LE

**太阳起晚了**

著　　者：[美]菲利普·C.斯蒂德　文　[美]埃琳·E.斯蒂德　图　马爱农　译
出 版 人：陈远
出版发行：福建少年儿童出版社
http://www.fjcp.com　e-mail:fcph@fjcp.com
社　　址：福州市东水路76号17层（邮编：350001）
选题策划：洛克博克
责任编辑：曾亚真
助理编辑：赵芷晴
特约编辑：刘丹亭
责任校对：黄怡然
美术设计：小明菌　翠翠　刘霄
电　　话：010-53606116（发行部）
印　　刷：深圳市福圣印刷有限公司
开　　本：889毫米×1194毫米　1/16
印　　张：3
版　　次：2023年4月第1版
印　　次：2023年4月第1次印刷
ISBN　978-7-5395-8213-9
定　　价：56.00元

# 太阳起晚了

[美]菲利普·C.斯蒂德 文 [美]埃琳·E.斯蒂德 图 马爱农 译

海峡出版发行集团
THE STRAITS PUBLISHING & DISTRIBUTING GROUP | 福建少年儿童出版社
FUJIAN CHILDREN'S PUBLISHING HOUSE

一只骡子，
一头奶牛，
一匹小马，
站在谷仓的门口，
等着太阳升起来。

到处都是静悄悄的——
谷仓的湿木头，
挂在墙上的农具，
头顶上漆黑的天空。
起风了，
风向标发出
嘎吱——嘎吱——嘎吱的声音，
这声音也是静悄悄的。

"太阳起晚了。"骡子说。
"主人也起晚了。"奶牛说。
"我们应该去跟猫头鹰谈谈。"小马说，
"猫头鹰知道该怎么办。"

一只骡子、一头奶牛、一匹小马，
站在鸡窝旁，
猫头鹰喜欢待在这里，
沐浴在这片月光下。

"你们说得对。"猫头鹰说，"太阳起晚了，没能按时升起。"
"我们得去把她叫醒。"骡子说。
"不然主人就会一直睡，一直睡。"奶牛说。
"早餐就永远吃不上。"小马说。
"好吧，"猫头鹰说，"你们必须要——

"走过绵羊成群的田野，

"翻过破旧的篱笆，

"穿过高高的玉米地，

"经过沉睡的巨人，

"一直走到世界的边缘。

边界线

"你们会发现太阳此刻还在床上睡大觉呢。
把公鸡也带上——

"公鸡知道该怎么办。"

一只骡子、一头奶牛、一匹小马，

站在月光下，心里满是担忧。

"我们从没离开过谷仓的院子。"骡子说。

"我们必须找到勇气。"奶牛说。

"我们要比我们想象的更勇敢。"小马说。

一只骡子，
一头奶牛，
一匹小马，
聚在一起往前走。

奶牛用她的鼻子
碰了碰一只熟睡的绵羊。
她感觉到羊毛上清凉的露珠。
"绵羊梦见了什么呢？"她问。

"他们梦见了别的绵羊。"骡子说，
他不知道自己说得对不对。

一只骡子，
一头奶牛，
一匹小马，
不敢离家太远，
他们闭上眼睛，
听着玉米秆擦过他们身体的声响，
*沙沙——沙沙——沙沙。*

那儿有一个沉睡的"巨人"。

小马回头看了看，低声说：
"巨人梦见了什么呢？"
"他们梦见了绵羊。"骡子低声说，
他不知道自己说得对不对。

咔哒——咔哒——咔哒——咔哒，
旧农舍的院子里响起了蹄声。
"谁呀？"农场主在床上喊道。
蹄声慌慌张张地远去。
农场主继续做梦，她梦见了……

一只骡子，
一头奶牛，
一匹小马，
站在世界的边缘，
想知道太阳是怎么了。

"她梦见了什么呢？"
小马问。

喔喔喔——喔喔喔！

"她梦见了早餐。"骡子说。

"我们走着。"